빈손 화법

이 시조집을
아버지 죽산 金弘植님과 어머니 다솔 權忠姬님
그리고 하늘 같은 스승이신 姜信沆 선생님께 바친다.

| 한국대표정형시선 067 |

빈손 화법

김진대 시집

고요아침

내 시조 밭에는 고추가 자라고 있다.

아버지 죽산 金弘植님과 어머니 다솔 權忠姬
님이 내 가슴에 뿌려주신 자식 사랑과 하늘 같은
姜信沆 선생님이 내 가슴에 뿌려주신 제자 사랑
이 고추밭에서 발갛게 익어 가고 있다. 몇 년 동
안 고추가 잘 익도록 거름 주고 잡초도 뽑아가며
잘 가꾸었다. 이제 수확을 할 시기가 되어 튼실
한 놈만 골라서 고추장으로 빚어 봤다.

수원농생명과학고
4교무실 구석 자리에서
김진대

■차례

제2부

제3부

제4부

제5부

1부

만해의 계절 1

백담사 마당에 팥배나무 가지마다
만해가 전하지 못한 자유와 평화가
경내를 휩싸고 돌아 꽃으로 피기까지

지난날 과육만 먹고 버린 씨앗 한 알
만해로 퍼지게 잎까지 손 맞잡아
천둥과 번개 앞에서 열매를 맺었다

오늘 아침엔 이방인도 입맛을 다시고
우레와 침묵으로 만해에 이르려고
열매에 담긴 경전을 가슴에 새긴다

만해의 계절 2

최후의 일인까지
최후의 일각까지

공약삼장 한 뭉치를
손에 쥐어 주면서

우레와 같은 침묵으로
칼날을 세운다

자유와 평화는
님의 침묵에 남아서

목 매인 자에게
결박당한 눈물 풀어

마당에 배롱나무로
빨갛게 밝힌다

만해의 계절 3

공간을 걷어낸
시간의 종착역까지

구름을 뛰어넘어
산 그림자 내려오는

만해엔 봄과 마음이
하나로 다가온다

석양에 직면하니
꿈틀대는 산세들

적멸에 이르러
장삼을 걸친 듯이

하늘에 만해를 담아
면벽에 들어간다

공의 각도

1.
운동장 한쪽에서 비를 맞고 있는데
아무도 손길이 가지 않는 축구공
눈살에 튕겨 나왔지만 받아주는 사람 없다

2.
거울을 둥근 공으로 깨끗하게 닦았는데
몸으로 건너기가 쉽지 않은 빈손 화법
어디도 문고리 잡는 소리 들리지 않는다

3.
빗물이 고여 만든 우물길을 따라서
물길을 만들어내는 황톳빛 이야기에
출구를 되 읽어주며 강어귀를 날고 있다

눈물의 입구

눈물이 입구부터 겹겹이 장막친다
정원수는 온몸으로 매 맞으며 엎드리고
거기에 내 우산으로 눈물을 받아낸다

그 눈물의 주인은 누구인가 둘러봤다
발밑으로 떨어졌나 흙 속으로 묻혀갔나
주인은 금동신발로 역사를 맞는다

무거운 그림자가 전시실을 나간다
장승이 역사의 문을 무대 밖으로 내몰 때
눈물은 있을 곳 잃은 채 하늘에 숨는다

벼랑의 시각

신호등을 비집고
달려오는 자동차 향해

담벼락으로 거리에 서는
빛 같은 나무는

어느새 그늘 속에서
옆길을 만든다

흙 속으로 들어간
뿌리를 보면서

낭떠러지 벽에 붙어
목숨을 건져내려고

거꾸로 굴절된 눈을
뒤집어서 무너뜨린다

유달산 나뭇잎

항구를 열어놓고
언제나 편지 쓴다

남도의 판소리
한 자락 풀고 싶어

안개로 뜨개질하고
평화를 두드린다

눈물로 자기 몸을
씻기도 하면서

나뭇잎으로 어깨를
두드린 날들은

해묵은 목포 향기에
사랑을 접붙인다

수원농생명고의 사계

광교산의 배움을 날마다 본받아
교실에서 봄 꿈 틔워 실습장에 옮겨심는
농심은 태백산으로 뼈대를 세우려고

아직은 뿌리 내리는 유리온실 화초지만
하늘과 땅을 이어줄 산과 같은 나무로
천심이 열매 맺으려 여름을 보낸다

아이들 마음에 꽃길 펴는 국화전은
쌀 한 톨에 들어있는 천심을 읽는 날로
가을을 곡식에 담아 희망을 나눠주니

운동장 도화지에 꿈과 끼가 눈을 만나
영농인의 꿈 그려서 하늘과도 소통하며
한겨울 농업의 길이 눈꽃으로 맺힌다

몸치도

청춘 밭을 지나가듯
몸을 흔든 아이들

소리로 호흡 맞춰
다리로 빗장 풀듯

한 번에 지렁이처럼
몸과 몸을 맞춘다

금강

제 스스로 기억이 굳어버린 괴나리봇짐
구름이 이끄는 대로 마음을 보면서
천 개의 나뭇잎 부채로 만물상을 빚으니

골짜기에 매혹돼 굳어버린 거북이
물가에 놀러 왔다가 웅크린 개구리
이제는 밑바닥까지 보여주는 계곡물에

부끄러워 몸 낮추고 입 다물 줄 모르는 듯
계곡 노래에 갈 길을 잊어버린 걸음인 듯
신의 꿈 훔쳐보러 가는 걸음인 듯 나타나

거센 바람 맞으며 나무를 떠받혀주며
구름 사이로 보이는 무대의 장막에
때마다 천 개의 얼굴로 금강을 열어 준다

시

복도에 줄지어
늘어놓은 시화가

얼굴이 거울 같은
한 아이를 보고서

눈뜬 채 타박하는 입
되비쳐주고 숨는다

너의 등

바다로 간다고 저 바다로 떠난다고
파도에 맞서는 바위섬이 되라고
파도에 잠기더라도 가라고 가라고

등대도 하나 없는 바다에 파도뿐인
길이라도 바다는 바깥에 머물 뿐
저 멀리 파란 물결이 길을 내고 있는데

아침이면 태양 빛도 받아내는 바다에
매우 험한 물결에 한숨을 돌리다가
마음도 도로 방으로 돌아오고 말았구나

성긴 그물이 준비되면 뒤엉킨 길이라도
순금의 아침을 길어 올려야 하지 않니
이 길이 모세혈관처럼 보여도 떠나야지

아버지를 아버지의 아버지를 따라서
떠나지 못하는 너의 등은 시리겠구나
바다는 잃어버린 땅을 지켜보고 있단다

자전거
— 금강산 관광을 생각하며

2달러로 자전거 페달을 밟는다
온정각 옆으로 살포시 맞는 길에
주민이 앞 바큇살로 늘비하게 달려온다

부끄럽지 않은 나도 뒷바퀴 살 맞잡아
깊이를 더하는 구덩이를 만나도
한 길로 백두산까지 도란도란 올라간다

앞바퀴에 덜커덩하면 뒷바퀴가 밀어준다
앞바퀴가 돌아서면 뒷바퀴도 따라서
우리들 소꿉동무 되어 금강산까지 오른다

길가의 풀 한 포기까지 정답게 만나면서
2달러면 길을 사서 달릴 길이 널려 있다
우리들 가슴속으로 구룡폭포 떨어진다

저수지 한 그릇

삶 위에 내 삶이 붙어 있는 아파트에
낚시꾼 비닐 봉투에 엉켜있는 목숨들
아저씨 '저수지에서 잡은 건데 드실래요'

밤새도록 그 얼굴이 지워지지 않을까
떨어질 자유마저 내 그릇에 주었으나
애들은 지느러미도 아가미도 소용없다

수돗물로 생기 찾아 저수지로 보낸 붕어
제 몸을 물속으로 밀어 넣는 얼굴을
내 가슴 밑으로 밀어 얼굴을 지운다

2부

물빛의 화법

나이테에 바람이 전해주는 사연을
온몸으로 받아쓰는 나무 붓의 몸부림
우물에 비친 마음을 열려고 일어난다

물결처럼 파란 잎 소리 없이 일어나면서
햇빛까지 잎과 뿌리에 한 몸으로 비추니
나무에 물의 문장을 걸어두고 지나간다

감나무 서리 맞고 산안개에 감기는 사이
가지 끝에 주렁주렁 홍시로 매만져놓고
시간을 되새김질하는 하늘이 열린다

말보다는 몸짓으로 살아온 이들 앞에는
우물이 팔을 뻗어 찰랑이는 상형문자를
나무도 읽을 수 있게 물속에서 풀어낸다

가슴에 붓 가는

바람이 가지 들고 화선지에 내려앉아
종이 울타리 안으로 산수유를 밀어서
가슴에 붓 가는 길을 내어놓고 나간다

봄날이 섭리를 방마다 걸어놓고
끊어진 바람을 종이에 가두니
쓴맛이 기웃거리며 입안에서 맴돈다

산수유의 언어를 공기로 발가벗겨
심장에 나무 심어 면벽에 걸었더니
빨갛게 익은 낙관으로 열매를 찍고 간다

곁

수돗물로 얼굴 닦고
바가지로 어깨동무

생사의 갈림길에서
물 화살도 머금어야

버너 불 입맞춤에서
한 몸으로 살아난다

수몰된 운동회

신호총 울리고 깃발이 올라간다
바다를 품을 듯 산맥을 껴안을 듯
빈대떡 부치는 풍경에 추억이 자글거린다

지친 눈이 갈수록 소금기에 절고 절어
앞에 문이 있어도 길을 잡지 못해도
떠도는 마음 소리로는 흔들지 못한다

아우성이 밀어 올린 와자지껄한 고무풍선
바람 타고 올라가다 바람에 눌리는 날
우리도 가면을 벗어 부침개로 올린다

팔다리 운동으로 바람을 불어넣어
깊게 파인 얼굴도 하늘 향해 고개 들게
숨쉬기 운동으로는 눈물을 닦아낸다

오이

혼자서는 살아가기
힘들어서 매달렸니

줄기가 당겨주니까
다리를 오므렸다고

너처럼 철없을 때가
그립고 그리워진다

호박

노랗게 익은 호박
풀숲을 만나도

벼랑을 만나도
중심을 잡았기에

씨앗도 스크럼 짜고
어둠을 헤쳐간다

진월사陳月寺에 뜬 달

하늘에서 학가산이 달을 물고 내려앉아
심원루 마루에 걸려 있는 풍경소리로
마을에 월인천강의 물결을 들려주네

하늘에서 내려와도 하늘에 앉은 듯이
물안개와 낙조의 공연에 협연하고
학으로 머물러서는 진월을 펼치기에

어머니를 자동차에 태워서 올랐더니
엉킨 마음 풀렸는지 얼굴에 달이 뜨고
영주댐 물에 반사돼 하산 길을 밝힌다

은행나무

은행이 천상에서
수직으로 내려온 날

온몸으로 사람들을
동굴로 끌어들이려

제 몸을 산산이 던져
신화를 창조한다

지상에 뜻을 두고
천상을 임신한 채

동물 아닌 동물들
발바닥에 뛰어올라

머리에 홍익의 냄새로
신열이 뜨겁다

옹이

몸에 박힌 자식을 지켜보는 나무는
햇빛과 바람으로 평평한 봉분 올려
갈빗대 휠 지경에도 옆구리에 끼고 산다

한평생 햇빛 받아 안으로 보내준
어미의 기억을 알기나 하는지
톱날에 핏덩이 꺼내 빗장을 지른다

단단한 목재로 태어나는 날에야
비로소 몸속에 켜켜이 쌓아놓은
서사시 한 권을 꺼내 어미 앞에 읽고 있다

가시꽃

뿌리가 고향 잃고
머나먼 이국땅에서

사막의 무기 위에
족두리 얹어서

날마다 비닐하우스
그 속에서 나간다

머리는 머리대로
밑동은 밑동대로

상처가 상처를
한 몸으로 보듬어서

뿌리로 모래 냄새에
한숨을 돌린다

우체통 아버지

안방에 묻어 있는 아버지의 무늬들을
한 잎 두 잎 떼어내어 우체통에 넣으니
초겨울 진달래꽃으로 마음을 내보인다

사랑도 하루아침에 잿빛으로 물든 세상
꽃자루 열어서 가을이 보낸 봄기운에
노인은 산을 태울 듯 봉홧불을 붙인다

계절까지 흔들면서 보내온 사랑은
불두덩이 밀어 넣는 해처럼 타올라
생명을 꽃피울 듯이 뒷산에 피어난다

중환자실 정거장

할머니 울음소리
하차하는 동안에

앞으로 가면서도
뒷걸음치고 나간다

소리가 주삿바늘을
구부리려 들어온다

길이 다른 두 길이
만나는 정거장에

찬송가와 불경이
브레이크 밟으니까

선로에 흔적을 걷는
승객이 오른다

지렁이

길 밖으로 나오는
물 같은 지렁이

목숨의 무게를
어디로 옮겨야

욕망의 티 끼인 지상
건널 수 있을까

습기를 걷어가는
길 밖의 지렁이

주위의 무게에 밀려
한쪽으로 갸우뚱해도

바닥에 지상의 천국이
곳곳에 널려 있다

허리 우산

우산도 소용없는 물줄기 흐른다
시선을 가려도 숨구멍 막아도
땀 물에 불붙일수록 마음은 몸싸움

그 틈을 메워줄 단비를 기다린다
자기를 찾다가 긴 늪에 빠졌는지
고개가 떨어지려고 허리를 잡는다

다리 걸어 넘길수록 폭우로 흐른다
익사시킬 기세로 뿌리에 달려든다
너로서 비롯된 거라 너에게 보낸다

맛 줍기

집으로 든 어둠이
바다의 맛을 내는데

연인이 호미 들고
맛소금 뿌려가며

밖으로 끄집어내려
숨구멍을 죄고 있다

그럴수록 더 깊은
어둠을 향해 뛴다

갯벌 위에 흘리고 간
맛조개를 주워도

어둠이 참삶인 것을
알기나 하려나

그믐날 한판

개 한 마리 짖지 않는 단단한 겨울밤에
자물쇠 채웠는데 문틈으로 들어왔는지
거실엔 코가 제풀에 놀라 눈물을 흘린다

옆방에 머물면서 말 못 하는 목구멍도
기침으로 침입 알리니 지켜보는 가족이
창문을 치켜들고서 도둑을 뒤쫓는다

어느새 안방으로 들어가는 길목에서
목숨 줄을 흔들던 그믐날 밤 한 판으로
얼굴은 빨갛게 익어 다리가 흔들린다

겨울 도둑 잡는 길은 안방에 들어가
큰 대자로 뻗은 뒤 일어나야 최선인데
서둘러 문 열었더니 이웃이 저승 같다

3부

헛바닥의 기억

쟁반 위 대게로 아버지를 뵈려다
바다가 던진 짠맛에 추억마저 배탈 나고
기억도 결박당한 채 길 잃고 파닥인다

헛바닥의 근육마저 불효로 힘 잃은 날
백미러에 붙어서 따라오던 아버지는
속 좁은 헛바닥에서 바다로 뛰어든다

장에서 벌어진 한판의 씨름 뒤엔
위장에서 대게도 바다를 찾기에
슬며시 추억을 뻗어 아버지와 대화한다

꽃과 밭

꽃이 밭에 살면서
하늘을 우러르고

밭이 내준 몸에서
피어난 눈물 꽃은

뿌리로 감싸 안으며
꽃밭을 살려낸다

수동적 인간

자기는 앉아서
가는 나를 돌리는가

탑 돌듯 심장에
장작불을 지펴 돈다

다시금 그 잠자리에
돌아온 하루일과

먼 길에 새벽공기
온몸으로 받으면서

가슴을 돌 타래로
한 층씩 감아낸다

누군가 하늘을 향해
서 있다 어둠 속에

상담사

찬비가 떨어져
속마음을 비쳐준다

가까이 다가가
손바닥으로 받쳐주니

마침내 기운을 잃고
허공에 기댄다

심장이 제 자리가
여긴 줄 알고서

빗방울이 땅바닥에
기대어 몸져눕다가

아내도 모르게
밤마다 놀아준다

우물의 법칙

수천 년을 땅 밑에서
한 몸으로 살다가

두레박에 이끌려
이별하는 현장에서

바닥을 돌리는 심장
우물에 두고 와도

맹물도 맹물끼리
서로를 껴안은 채

붙지 않는 쌀알도
물 가락을 머금어

생명을 정답게 돌려서
이웃을 살린다

나뭇잎 운동회

키다리 난쟁이 모두 다 출발선에
상대를 제압하려 눈초리를 던져보고
왼발을 소리에 따라 출발선에 올린다

총소리 한 방에 너와 내가 몸 일으켜
건장한 한 아이 다리로 말하는데
그 앞을 마른 아이가 지치고 나간다

건장한 아이 하나 넘어지고 연달아
키다리 난쟁이 차례로 넘어진다
모두 다 저 결승선에 외다리로 들어온다

풍선 꿈

풍선이 꿈을 달고 상기된 얼굴로
파랗게 질린 채 창백한 얼굴로
칠판을 감싸 안고서 자리에 앉는다

불어넣은 꿈만큼 얇아진 이마 위로
내려앉은 말들을 감추는 놀이에
일제히 눈 뜨고 앉아 노래를 부른다

의구심의 눈초리를 일순간 보내자
이번에는 율동으로 내 눈을 흔들어도
감사는 꾸짖음으로 리본에서 펄럭인다

그제야 풍선들이 내 마음에 들어온다
바람 빠진 풍선에 열매가 열리도록
매시간 꿈을 채워서 하늘로 날린다

11월

꼿꼿하게 키 큰 만큼
몸통을 비워내고

몸집이 클수록
비계로 채워진 나

대나무 한 그루 심어
몸을 비워 보려 한다

물의 뼈

안개 속에 은하 물로
떨어지는 말 기둥들

어깨를 살짝 들어
구름이 꺼낸 소리에

하늘을 흔든 용트림에
귀 낚시를 던져본다

천 갈래 만 갈래
저쪽의 물안개가

하늘에 묶어 올린
말 기둥들에 비 뿌리고

비단에 물의 뼈만이
저만치서 빛난다

화장

아이들이 조물주의
창작품에 덧칠하다

절대자의 저항으로
도화지에 칼질까지

거울을 잃어버렸나
손에 쥐고 있으면서

봄날인데 가을맞이
행사하는 아이들이

캔버스에 모조품을
그려놓고 만족하나

이제는 인조인간에
미소짓는 세상이네

문인화

국화꽃이 붓에 끌려
화선지로 들어가다

붓 밑에서 꽃향기
벽에 막혀 달아나다

먹물 빛 농담 튕기며
화단으로 뛴 흔적

미니스커트

시위 떠난 화살처럼
발목에서 허리까지

겨울에도 제멋대로
개성을 겨눈 곳에

해지고 터진 피부는
얼굴을 동정한다

너

입히고 먹였는데
혼자 자란 것처럼

말 따로 행동 따로
남의 집 드나들 듯

그래도 그대 외에는
기댈 게 없는 길

나

바람을 맞으면
받아서 길 내주고

풀뿌리 내리면
품어서 길러주는

교실엔 제자 되고자
스스로 찾아온다

신훈민정음 新訓民正音
― 姜信沆 선생님을 생각하며

문자에 갇혀 있던
제자 사랑 불러내서

쭈그러진 마음 앞에
불립문자 창제하니

날마다
문자 없는 글귀로
가슴을
깁고 편다

관측장교의 DMZ

젊은 봄날 GOP에 산처럼 지켜보는
철원평야 들꽃이 관측장교로 불러들여
DMZ 역사책 펼쳐 소망을 쓰고 있다

초소에서 바라본 해 뜰 무렵 초록 평야
통일을 선포하듯 산과 들을 갈아엎은
풀잎은 점령군처럼 격전지를 평정한다

남과 북이 오가던 길 들풀로 포장하고
남북이 먹을 양식을 키워 볼 요량인지
이제는 통일 농부를 기다리다 길을 낸다

백마고지 전적비에는 그날의 용사가
사진 속으로 들어가 통일을 부르고
월정리 녹슨 철마는 뼈로라도 달리니

들꽃이 대신 남아 지켜보는 철원평야
산꼭대기 GP 초소는 근육도 풀어지면서
통일로 나아가는 길에 자연이 앞장선다

4부

바다 마우스

진공의 우주로
대붕이 날아간다

두 날개 감추고 허공을 펄럭이며 여기저기 뛰
어든다 생각할 겨를 없이 자기 머리도 스쳐 지나
간다 얼굴을 가린다 마구 칼을 휘두른다 움직이
면서 나를 잃어가는

선천성 면역결핍증
전광석화 바이러스다

인물화 그리는 법

눈과 머리 사이에서 기억을 잃어가고
꼿꼿하게 버틴 삶도 목구멍의 노예로
한지에 끌려 나와서 조금씩 드러난다

윤곽부터 불효를 풀어 얼굴을 채우고
피부는 부모님에게 진 빚을 올렸더니
뒤늦게 후회의 눈물이 그림을 흐린다

햇살에 숲으로 한 발 더 내밀어
앙금에 남아 있는 찌꺼기마저 꺼내어
틈새에 옮겨놓고선 몸으로 지운다

백지 위에 하나둘 들어앉은 숨구멍들
마지막까지 살아온 날에서 벗어난 듯
창틀에 들어온 빛에 그림자도 숨을 쉰다

헌책

사양길을 어루만지는
얼굴로 피어나

헤진 입을 오므린 채
한 생을 팔면서도

책장을 넘겨주니까
온 누리 꿈이 만개한다

비자나무

제주도까지 밀려온 비자나무는 어머니다
햇빛 볼 수 있도록 잎마다 몸 돌리다가
등줄기 굽었는가 하면 힘 부치도록 뻗는다

온몸이 썩어들어 구멍 난 곳곳에
맨땅에 뿌리박지 못한 목숨들의 손길을
뿌리쳐 내지 못하고 팔을 펴 물 퍼준다

몸 옥죄어 오는 고통을 하늘로 쓸어 담아
덤불로 막힌 숲길에 열매를 던지고
나무를 갉아 먹던 곤충 씨앗에 놀란다

배우지 않고도 초록으로 받아쓴 잎
하늘 책상 앞에 앉아 파란 책을 넘기며
열매를 다 풀어놓고 굽힐 만큼 굽힌다

직면의 계곡

집을 흔들 기세로
뛰쳐나온 아기에게

왜 급하게 구냐고
어깨를 다독이니

밤에게 열사를 만들어
재갈을 물린단다

우물에 몸을 얹어
마음 바깥을 맴돌다가

수술실에 홍당무로
울음을 터트려

아기는 인큐베이터에
나를 끌어들인다

붓

난초를 화선지에
가두려는 붓놀림에

여백은 그 화답으로
담묵을 담아내

천년의 생을 이어갈
꽃으로 살아난다

안녕, 37.5℃씨

애초에 주인들이 이 땅에 돌아와
너희들 방식대로 미세먼지 날렸는지
아침이 몰라볼 정도로 깨끗해서 반가워

인간이 죽어야 인간이 사는 세상
인간이 아니라 코로나가 해냈네
참으로 아이러니한 상황이 아니니

많은 말을 감추고 바이러스 왔기에
면역을 해체하고 몸으로 들어갔니
오해로 조절 시스템 가동해서 미안해

지구에 인간이 바이러스 된 날부터
숨었던 얼굴을 내미는 것 알지만
이제는 열감지기로 함께 살면 좋겠네

한라산 길

눈길 위의 눈길이 스크럼을 짜고 있다
등산화가 지나간다 그래 밟고 밟아라
그래도 부둥켜안아 버텨내는 눈 위로

운동화가 지나가니 어깨를 더 밀착한다
구둣발이 뛰어가니 온몸이 흔들린다
그래도 정상에 올라 제주시를 바라보고

눈이 시려 내려오려고 발길을 돌렸다
피하려 돌아간 눈길도 눈밭이다
올라간 내 눈높이는 그 만큼씩 내려오고

미끄러진 마음은 다시 기어 올라간다
어승생 주차장에 기다리는 관광버스
길들이 만난 눈길이 길들을 싣는다

지필고사

빈 공간에 엉킨 냄새
꽉 찬 뇌 엉킨 생각

녹슬지 않는 송곳처럼 낡은 시대 이념들

아이야
백지 답안지로
제출해야
할 때다

잠실역

의자에 누에 같은 여행객이 우글거린다
섶으로 가는 길은 뽕잎도 필요 없는데
잠실에 애벌레들은 SNS에 갇혀 있다

검지로 훑어가며 동공에 퍼 담느라
머리는 불나방처럼 사진에 달라붙어서
의자는 엉덩이 무게에 기억을 잃어간다

눈동자와 발걸음도 불빛에 휘둘려
애벌레로 갈아탄 채 잠실을 서성이다
제 몸을 뚫는 SNS로 머리를 잠재운다

시력검사

왼쪽 눈은 가리고 5m 선 밖에서
다리를 흔들며 시력표 마주한다
늘 보던 세상이라 믿고 한쪽 눈 가린다

오른쪽 눈으로 보니 언론이 1.2다
눈 떠보니 반대이유 확 크게 보인다
세모로 보이는 짝눈 길을 가다 넘어진다

왼쪽 눈의 저널리즘 시력은 얼마일까
눈 떠보니 미온적 대응 궂은비만 내린다
저 혼자 세상 시력표 그 앞에 서 있나

반찬

밥을 위해 살려고
칼날에 몸 다듬고

불맛에 쓴맛 벗겨
입맛을 다시니

더운밥 넘어간 입안에
사랑이 씹히네

개소리

어머니 신발 물고
밤낮으로 뛰는 개가

발바닥 온기로
잡초 눌러 길 내기에

부모님 요양원에서
편안하게 주무신다

하늘

흔들어도 끄덕 않고
물러서는 듯 다가와

두드려도 흔적 없이
다가와 비추듯이

가까이 있으면서도
멀리서 손잡는다

알파쏜

검지로 접신 하길
기다리던 인간들

얼굴 없이 나타난
알파고 앞에서

개처럼 따라다니며
본성을 잃어간다

5부

정조, 화성에 납시다

보름달처럼 밝히는 화성행궁 번지에
　효심으로 터 닦아 궁궐을 지어 올렸던 정조대
왕, 오늘은 행궁 앞에서 보호수로 남아 나무들이
꽃무늬로 마음을 여는 오후에 그날이 보고 싶어
　시민을 마당에 채워 모두 다 대왕인 듯

　정조대왕
　꿈 서린 옷으로 무대 오른
　후예들
　옷깃마다 화성을 쌓아 올려
　성곽에
　머금은 꿈이 가슴으로 뛰어들고

시민 같은 정조대왕 팔달산에 내려와
발바닥이 신명나게 가슴에 꿈을 넣고
백성들 눈높이에 맞춰 어깨를 잡으시네

소금인간

이슬비 갈아타고 마당으로 나와서
그림자 발라먹은 뼈다귀 무늬로
광부에 손을 내밀어
기억을 드러낸다

안다리 근육에서 인골도 멈칫하고
버려진 황금 귀걸이 한 입에 삼켜 버릴
목마른 목숨 덩이가
발가락 잡고 늘어진다

머리를 타고 오는 선명한 발자국이
깊숙한 얼굴에 깜박이는 극점들이
전시실 유리벽 앞에
살점을 붙인다

* 소금인간 : 1천 700년 전 이란의 사산조 페르시아에서 살았던
귀족으로 소금광산에서 발견되었다.

산불 곡불

　지난해 산불이 난 광교산을 오르다
　진달래 꽃잎으로 부끄러운 곳을 가려도 불에
데인 발자국이 너무나 넓어 보인다
　산 아래 아파트 등뼈 너무나 잘 드러난다

　길에서 숨을 곳도 하나 없는 발자국에
　숯가루가 붙어 따라오고 신발을 벗어들고 뛰
어도 돌을 던져보아도 산을 벗어나지 못한다
　가슴에 옮겨온 재에 신발은 느려진다

　끝끝내 이 봄을 따라가지 못하고
　마음속을 헤매다가 지쳐 입에 단내가 난다 봄
은 산불을 끄고 있는데
　언제쯤 곡불을 끄고 일어날 수 있는가

낙엽

나뭇잎이 부음처럼
산허리에 날아올라

등산객들 가슴마다
바스락 장단으로

열반의 무늬로 다가와
번뇌를 다독인다

그 조문에 구름도
하늘 끝까지 밀려와

흰 꽃처럼 품어주는
비밀의 정원으로

갈대밭 보금자리에서
해탈을 얻는다

외할머니

차곡차곡 쌓아올린 외갓집 돌담길
토종닭 삶은 계란을 내 손에 쥐여주시던
고향은 막무가내로 가슴에서 올라온다

산자락이 발갛고 길게 늘인 끝자리는
따스하게 익어서 산그늘로 자리 잡고
차비를 넣어 주려고 종종거린 외할머니

시원한 소나무로 바람을 불어오네
그 바람 하늘하늘 담아 온 것만으로도
유년은 외갓집으로 달려서 따듯해지네

꽃바구니

책상에서 줄기 잘린 장미꽃 한 바구니
생각까지 목말라 옴짝달싹 못 하는
어깨에 리본 두르고 큰소리로 왜장친다

꽃잎이 핏방울처럼 바닥으로 번진 날
베이고 가린 곳에 '물이라도 갈아주지'
'주어도 시들어가는 잎이라 들썩여요'

소녀들은 까르르 웃음으로 집 짓기에
글자를 어깨에서 장미에게 돌려주니
꽃들은 얼굴을 찾은 듯 세상을 건너간다

등나무

얼굴을 타고 올라오는
칡덩굴 줄기에

육안으로 뿌리를
들여다 볼 수 없어

네 마음 품으려 해도
번뇌 밭이 비좁구나

동전

치매 걸린 아버지
요양원으로 보낸 후에

액수까지 꼼꼼하게
적어 놓은 동전 뭉치

구석진 방바닥에서
내 손목을 붙잡는다

사과 상자 이야기

배달된 사과 상자 마음을 가볍게 한다
성의 표시 딱풀로 덕지덕지 붙였는데
마음은 개봉할 때마다 손때가 묻어 있다

밑바닥 흰 봉투에 눈 가리는 상품권
상품으로 만들어 내 마음을 사려 한다
마음은 마음으로만 구매할 수 있다는데

허공에 풀칠로 마음을 사려 한다
아파트 경비실에 맡겨놓고 나오는 순간
마음이 나보다 앞서 달아나고 있었다

잔치국수

일요일 늦은 아침 광교산 중턱에서
사람에게 다가가 잔치국수 한 그릇요
허기가 국숫집으로 염치없이 이끈다

국숫집 국수 다발 아내같이 뻣뻣해도
치마끈이 펄펄 끓는 그릇 속에 들자마자
풀어서 국수 빛으로 하얀 살결 들어낸다

휘저을 때마다 S라인으로 다가와
한 그릇 담겨온 국수 혓바닥에 착 감긴다
아내도 산에 왔구나 한마디 할 것 같다

마이크

빈 몸으로 소리 받아
힘차게 내보내고

졸고 있던 운동장은
메아리로 화답하는데

무심히 지켜본 소리
비워서 채운다

청맹과니 후보자
공㌣약으로 표 끌어도

아무 일도 아닌 듯
빈 몸으로 받아치며

심장을 타고 흘러내려
목숨을 살린다

어느 제자가

밥 먹으러 가다가 도서관에서 제자 만나
터진 김밥 먹을 때 나에게 하던 말
가시로 살아났는지 목구멍을 찌른다

아버지는 사기당해 온 재산을 다 날리고
빈 밥그릇 앞에서 벌벌 떨고 있었던 날
사람들 빵 한 조각에 생명 꽃을 보았다고

스스로 뛰어넘다 스스로 넘어졌다고
교사용 지도서나 넘기려 했는데도
어느새 네 그림자가 내 책장을 넘긴다

소화되지 않은 소리

빈말이 들어와
소화를 꿈꾼다

처음엔 혀끝으로
빛깔을 맛보고 나서

꿈이라 잘 모르는가
덥석 물어 씹었다

그림자를 잘 부수어
넘기지 않았나

위액이 과다하게
분비되어 쓰려도

바벨의 도시에서는
공용어로 일어난다

물의 상상력과 세계의 형식 구현

권성훈

문학평론가 · 경기대 교수

> *바닥에 지상의 천국이*
> *곳곳에 널려 있다*
> *—「지렁이」 중에서*

1.

모든 생명을 가진 존재에게 물은 하늘이다. 지상에 펼쳐진 하늘은 비를 통해 생명을 내리며 삶의 원천이자 안식처가 된다. 만물의 근원적 사유인 물은 가장 흔하지만 제일 존귀한 물질이다. 그렇지만 우리는 흔하다는 이유로 귀한 것을 덮어버리는 현실을 살아간다. 거기서 세계의 이치와 우주의 본성을 스스로 깨닫는 자만이 진정한 지혜에 다가설 수 있다. 지혜로 물의 기의를 사유하면서 그것을 시의 형식에 담아낼 수 있는 자가 시인이다. 이러한 시인은 비가 온 뒤 "길 밖으로 나오는 물 같은 지렁이"를 통해 "목숨의 무게를 어디로 옮겨야" 할지를 안다. 물을 상상력의 진료로 사용하는 시인은 물을 통해 세상을 보고 식물의 성장 과정과 성정의 통로를 통해 인간은 물론 세계를 이해한다.

이 같은 시인은 물을 "흔들어도 끄덕 않고/물러서는 듯 다가와"(「하늘」)주는 '하늘'로 바라보며 "두드려도 흔적 없이/다가와 비추듯이" 상상력의 원천으로 산정한다. 물의 상상력은 모든 생명성의 기원을 담보하는 것으로 높은 곳에서 낮은 곳으로 진행하는 것을 믿는 데서 출몰한다. 게다가 유동적인 운동성으로 나가면서 형태가 없는 물은 공간에 의해 형태가 가변적으로 변하는 무한한 문학적 상상력의 매개체. 이것은 시인에게 단순한 물질적 상상력의 일부가 아니라 "날마다/문자 없는 글귀로/가슴을 깁고"(「신훈민정음新訓民正音」) 동시에 피는 생명의 본질을 담당하는 세계의 근원인 것.

물을 바슐라르(1884~1962)는 만물의 근원으로 파악하고 불, 흙, 공기에 더해 이를 4원소론의 물질적 상상력이라고 했다. 그만큼 물은 세계를 구성하는 최소의 단위이면서 존재에게 불, 흙, 공기와 함께 생명을 주입하는 결정적인 요소다. 물이 만물의 기원이라는 사실은 문학적 담론으로 구조화되기 이전에 이미 고대 그리스 탈레스(BC. 624~545)에 의해 주창된 것으로 모든 사유의 원천이자 철학의 근간이 되어왔다.

이 물은 김진대 시인의 시편에서 "새처럼 타올라/생명을 꽃피"(「우체통 아버지」)우며 자아의 몸과 세계를 정화하는 치유의 힘으로 발휘된다. 요컨대 "상처가 상처를/한 몸으로 보듬어"(「가시꽃」)가는 치유적 언어로 형상화한다. 이번 시집 『빈손 화법』은 물에 대한 탐구로서 시적 영감의 원천인 것. 그의 시가 무엇보다 물의 상상력에서 시작되고 있으며 물의 지배를 통해 세계를 이해하는 데 쓰인다. 물을 매개로 하는 상상력의 운동성으로 시인은 세계를 투사하며 무한한 사유의 존재를 제공하는 것. 또한 물의 특유의 특징을 통해 역학적인 이미지를 창출하며 새로운 이미지를 획득하는데 창조의 원천이다.

그의 시편에서 물은 다양한 스펙트럼을 가진 언어의 발진처럼 돋아나 있다. 여기서 물은 무의식적으로 상상력을 통과하면서 다양한 상징체계를 지닌다. 생명을 중심으로 생성되는 물의 변신은 모든 세계를 안아주고 품어주는 속성을 통해 드러난다. 이를테면 하나의 나무가 있기 위하여 그 뿌리와 가지 이파리 등을 둘러싸고 있는 시공간 속에 스며들어 있는 물을 발견하는 것이다.

다만 그의 물의 상상력은 서양적인 것이 아니라 동양적 사유로 시적 생명성을 제시한다. 이른바 모성성을 통한 물의 발견이라는 점에서 만물을 낳고 기르는 물질계의 양상을 나타낸다. 모든 존재에 깃들여 있는 존재 현상을 물로 보며 물은 전지전능한 존재이며 만물을 생동케하는 원초적 기질이라는 것. 어느 순간 사라지지만 영원히 소멸하지 않는 물을 모성성으로 등가를 이루는 생생력이라는 점이다.

그의 시편에서 물은 그 자체로 역동성을 가지며 영원성의 실체다. 이것은 노자의 『도덕경』에서 전언하는 물질성과 생명성이라는 이중적인 본성을 나타내는 귀재로서 작동한다. 바로 노자가 말하는 '곡신사상谷神思想'[1]이 그것이다. 곡신사상은 모든 물질계에 있는 세계가 '곡신'이라는 모성에서 비롯된다는 것. 이 곡신의 세계에서 만물은 생성되고 소멸되는 존재로서 사물 만상의 근본이 된다. 이러한 물이 태어나는 공간을 가진 곡신은 모성이며 물이 있으므로 생명이 탄생되는 것에 있다.

2.

그의 시는 사물에 깃들여 있는 '물의 근원'을 발견하고자 한다. 그것은 일반적으로 감각하는 "육안으로 뿌리를/들여다 볼 수 없어"(「등나무」) 상상력의 줄기로서 물길을 내고 그 속으로 파고 들어가는 것과 같다.

---

1) 유희재 외 역, 『노자평전』, 미다스북스, 2005, 326쪽.

줄기를 허공에 끌어올리는 것은 가지가 아니라 뿌리라는 점에 주목한다. 뿌리에서 시작된 나무를 있게 한 것이 물인 바, 시인의 상상력은 사물 깊이 젖어 있는 물길을 찾아가는 데 있다.

물의 흐름을 따라서 그 작용과 반작용, 흐름과 멈춤, 오름과 내림 등으로 몇 가지 상징적 체계로 드러난다. 그것은 뿌리와 공간 그리고 눈물과 역사를 통해 "순금의 아침을 길어 올려야 하지"(「너의 등」)라는 시적 의지의 표명이다. 이로써 그의 시는 물의 상상력을 동원해서 존재의 실체를 끊임없이 변화시키는 생명력을 보여준다. 또한 존재하는 것은 하나의 우주의 뿌리로서 새로움이 탄생하는 공간이라는 점에서 그에게 물은 근원으로서의 운명이라는 사실이다.

나이테에 바람이 전해주는 사연을
온몸으로 받아쓰는 나무 붓의 몸부림
우물에 비친 마음을 열려고 일어난다

물결처럼 파란 잎 소리 없이 일어나면서
햇빛까지 잎과 뿌리에 한 몸으로 비추니
나무에 물의 문장을 걸어두고 지나간다

감나무 서리 맞고 산안개에 감기는 사이
가지 끝에 주렁주렁 홍시로 매만져놓고
시간을 되새김질하는 하늘이 열린다

말보다는 몸짓으로 살아온 이들 앞에는

우물이 팔을 뻗어 찰랑이는 상형문자를

나무도 읽을 수 있게 물속에서 풀어낸다

　　　　　　　　　　　　　—「물빛의 화법」 전문

　본질적으로 나무를 이루는 것은 가지와 잎사귀 같은 부산물이 아니라 뿌리다. 뿌리는 그러한 부산물들을 시간 속에서 길러내면서 허공으로 번창하게 한다. 나무의 수령은 이 같은 사실을 밝히는 것이며 현상적인 수단으로서 '나이테'를 통해 읽어낸다. 나무의 뿌리에서 시작된 나이테는 그만큼 살아온 연대를 측정하는 단위이면서 "나이테에 바람이 전해주는 사연"이 빗금으로 남아 있다. 이 나이테는 스스로 자신을 기록하지 못하며 결국 그것은 뿌리가 "온몸으로 받아쓰는 나무 붓의 몸부림"이 되는 것이다.

　보라, 어느 가을 감나무 "가지 끝에 주렁주렁 홍시로 매만져놓고/시간을 되새김질하는 하늘이 열린다"에서 '홍시'를 있게 한 것은 '시간의 뿌리'이며 이것은 물을 흡수한 결과로 허공에 '주렁주렁' 열린 것이다. 이처럼 시인은 "우물이 팔을 뻗어 찰랑이는 상형문자를" 판독하는 물의 시인이 아닐 수 없다. 그렇지만 그에게 물은 필요로 하는 곳에서 "풀뿌리 내리면 품어서/길러주는"(「나」) 나름의 사상이 바탕이 되었을 때 역동적으로 전환된다. 그럴 때 아낌없이 "너로서 비롯된 거라 너에게

보낸다"(「허리 우산」)는 물의 대리자로서의 영매를 담
당하기도 한다. 여기서 우리는 그의 삶에서 발생된 지
난한 교육 철학까지 소급해볼 수 있다.

노랗게 익은 호박
풀숲을 만나도

벼랑을 만나도
중심을 잡았기에

씨앗도 스크럼 짜고
어둠을 헤쳐간다

— 「호박」 전문

혼자서는 살아가기
힘들어서 매달렸니

줄기가 당겨주니까
다리를 오므렸다고

너처럼 철없을 때가
그립고 그리워진다

— 「오이」 전문

한편 그의 시에서 뿌리의 힘은 뿌리 안쪽이 아니라
뿌리 바깥 방향에서 생성되기도 한다. 그 힘은 "벼랑을

만나도/중심을 잡았기에"(「호박」) "노랗게 익은 호박"
이 될 수 있으며, "씨앗도 스크럼 짜고/어둠을 헤쳐" 나
갈 수 있는 것을 보여준다. 역시 '오이'도 "줄기가 당겨
주니까/다리를 오므렸다고"(「오이」) 할 수 있는데, 시
인은 생태계를 통해 삶의 이치를 추구한다.

　이 세계에서 생성되는 모든 사물의 기원을 "제 몸을
산산이 던져/신화를 창조"(「은행나무」)한다는 것. 그
깊이를 "지상에 뜻을 두고/천상을 임신한 채"로 말하는
시인의 세계를 향한 근원적 사유는 물을 체화하는 뿌
리에서 오며 이 뿌리는 외부에서 결실을 맺는다. '지상'
에서 '천상'으로 이어지며 다시 천상에서 지상으로 연
결되는 이치는 상생의 형태를 유지한다. 이는 대립적
성질이 아니라 함께 공존하며 화합하여 비로소 더 넓
은 세계로 나가는데 투영된 중심사상이 '홍익 정신'으
로 귀결할 수 있다.

　3.

　홍익 정신에서 비롯된 그의 시학은 모든 사물을 이
롭게 하는 물을 파고든다. 이 가운데 그의 물의 상상력
은 이 세계를 순환하게 하는 물질이다. 이러한 생명성
은 그의 정신이면서 시적 세계관으로서 시집 전편에
흐르는 언어의 물줄기로 드러난다. 그의 작품에서 포

착되는 이미지의 확산은 물을 통과하면서 상징체계를 가지는데 거기에는 물의 양가적인 이중성이 아니라 오로지 분리 불가능한 일원론적인 의식 구조를 이룬다. 이 과정에서 이질적인 요소들이 물의 상상력과 섞이면서 새로운 대상의 의미를 형성하고 그 안에서 사유의 공간을 발견한다.

수천 년을 땅 밑에서
한 몸으로 살다가

두레박에 이끌려
이별하는 현장에서

바닥을 돌리는 심장
우물에 두고 와도

맹물도 맹물끼리
서로를 껴안은 채

붙지 않는 쌀알도
물 가락을 머금어

생명을 정답게 돌려서
이웃을 살린다

—「우물의 법칙」전문

물을 사유하는 시적 법칙은 사물의 현상에 대한 원인과 결과를 시적으로 발견하는 데 관여한다. 생성과 소멸 사이에 내재하고 있는 자연의 보편적인 규칙을 가진다. 그것을 시인은 고유한 언어로 현현함으로 언어적으로 연산할 수 있는 사유의 법칙으로 전환할 수 있는 것. 말하자면 "수천 년을 땅 밑에서" 발견하지 못한 물을 지상으로 상상력을 통해 운반함으로써 새로움을 창조해내는 일과 같다. 여기서 새로움을 언어의 두레박으로 견인한다는 것은 하나의 사건이 아닐 수 없다. 이 "두레박에 이끌려" 세상과 조응하게 됨으로써 비로소 "바닥을 돌리는 심장"이 되며 서로 공유할 수 있는 '생명'이 된다. '우물'이라는 공간은 "서로를 껴안은 채" 이웃의 생명력을 유지시키는 '물 가락'의 리듬을 가진 심장으로서 우리의 심장을 뛰게 하는 힘을 가진다.

물이 가진 생명성 속에는 우리의 "숨구멍을 죄고" (「맛 줄기」) '참삶'을 있게 하는 자연의 법칙으로 존재한다. 자연의 인과성을 따르는 그의 시에서 삶은 죽음과 함께 내재하는 생명에의 공간이다. 삶과 죽음이 동시에 머물러 있는 「중환자실 정거장」처럼 "길이 다른 두 길이/만나는 정거장"을 응시하게 한다. 멈춤과 정차가 함께 공존하는 정거장에서 교차되는 고요와 불안은 삶과 죽음을 감각하는 공간인 것. 따라서 심층적으로 정거장은 삶과 죽음이 고여있는 '우물'과 같은 장소다. 이같이 삶이 빠져나간 흔적은 그의 시에서 "햇빛과 바람으로 평평한 봉분 올려"(「옹이」)진 고요한 장소로 이어진다. "한평생 햇빛 받아 안으로 보내준/어미의 기억"같은 곳이다. 그것은 "몸속에 켜켜이 쌓아놓은" 뿌리 속에서 잉태된 기억의 공간이라는 사실을 드러낸다.

그의 시는 이러한 기억의 공간 속 "온몸이 썩어들어 구멍 난 곳곳에/맨땅에 뿌리박지 못한 목숨들의 손길을/뿌리쳐 내지 못하고 팔을 펴 물 퍼"(「비자나무」) 주는 시심을 가졌다. 시인의 손길은 뿌리로부터 벗어난 죽음에 대한 기록이며 무수한 죽음의 이파리를 매만지는 일이다. 이것을 아는 삶은 더욱 가치 있는 것이 되며 존재를 증명하는 확실한 방법이 된다. 이를테면 우리가 책장을 넘기는 것은 나무의 숨결을 함께 하는 것으로서 "하늘 책상 앞에 앉아 파란 책을 넘기며" 보다 더 가치 있게 살기를 원하는 시인의 바람이 깃들여 있다.

4.

백담사 마당에 팥배나무 가지마다
만해가 전하지 못한 자유와 평화가
경내를 휩싸고 돌아 꽃으로 피기까지

지난날 과육만 먹고 버린 씨앗 한 알
만해로 퍼지게 잎까지 손 맞잡아
천둥과 번개 앞에서 열매를 맺었다

오늘 아침엔 이방인도 입맛을 다시고
우레와 침묵으로 만해에 이르려고
열매에 담긴 경전을 가슴에 새긴다
                            ―「만해의 계절 1」 전문

  한용운 시인(1879~1944)의 법호로 알려진 '만해'는 자유와 평화의 상징이다. 자유는 만물의 생명이며, 평화는 인생의 행복이라고 한 만해는 잃어버린 조국의 평안을 위해 몸 바쳤다. 승려로서 인생의 덧없음을 깨달은 만해는 욕망으로 점철된 인생에 대한 고뇌를 보여준다. 불교적인 사유로 생명이 사라지면 아무것도 남지 않는다는 것을 문학 안과 밖에서 실천한 그의 삶은 고스란히 역사로 남았다. 거기에 인간이 욕망하는 명예와 부귀는 알고 보면 무색하고 무명하여 공空한 것으로 만해는 파악했다. 일제강점기 발간된 한용운의 『님의 침묵』(1925)은 구도자로서 추구했던 그의 정신적 지주와 구원의 세계가 담겨있다.

  이 시에서 화자는 한용운의 사상의 뿌리를 추적한다. 푸르게 수놓고 있는 "백담사 마당에 꽅배나무 가지마다/만해가 전하지 못한 자유와 평화"를 상상력으로 꿈꾼다. 여기서 그치지 않고 "지난날 과육만 먹고 버린 씨앗 한 알/만해로 퍼지게 잎까지 손 맞잡아"로 성찰하며 민족의 근간이 어디서 왔는지 가다듬게 만든다. 바로 "천둥과 번개 앞에서 열매를 맺었다"는 데서 만해 사상은 민족의식의 뿌리가 되는 것으로, 이 시대는 이와 같은 열매로서 현실의 허공에 열려 있는 것이다.

다만 "천둥과 번개 앞에서 열매를 맺"기까지 우리 역사는 고통과 시련이 적지 않았다. "밭이 내준 몸에서/피어난 눈물 꽃은"(「꽃과 밭」) 바로 한용운과 같은 선조들이 있었기 때문에 가능한 것. '밭'이 한용운이라면 '꽃'은 현실을 사는 우리다. 그 정신은 민족의 "뿌리로 감싸 안으며/꽃밭을 살려"내는 역할을 했던 것이다. 때로는 "평화를 두드"(「유달산 나뭇잎」)리기 위해 "눈물로 자기 몸을/씻기도 하면서" 역사의 아픔을 건너 왔다. 이러한 민족의 슬픔은 "눈물이 입구부터 겹겹이 장막"(「눈물의 입구」)으로 있었지만, 이 땅의 주인으로서 "역사의 문을 무대 밖으로" 내딛는 보편적인 역사의식을 가로지른다.

안개 속에 은하 물로
떨어지는 말 기둥들

어깨를 살짝 들어
구름이 꺼낸 소리에

하늘을 흔든 용트림에
귀 낚시를 던져본다

천 갈래 만 갈래
저쪽의 물안개가

하늘에 묶어 올린
말 기둥들에 비 뿌리고

비단에 물의 뼈만이
저만치서 빛난다

　　　　　　　　　　　　　　　　　—「물의 뼈」전문

　언어로서 하지 못하는 말을 언어로서 말하는 것은
누대를 살아온 시인의 소명이다. 「물의 뼈」와 같이 물
의 살점 안에 있는 뼈를 밝히는 것. 그것은 "떨어지는
말 기둥들" 사이에서 "구름이 꺼낸 소리에"서 "하늘을
흔든 용트림에"서 "물의 뼈만이" 빛나는 것을 돌려주는
데 쓰인다. 이를테면 물질을 지탱하는 것은 모두 뿌리
가 되듯이 사물의 살점을 구성하고 있는 것이 뼈대라
는 사실이다. 이 뼈대는 시각적으로 감각할 수 없지만
시인의 육안에서 지각되며 청각적인 것으로 배태된다.
청각은 보이지 않지만 소리로서 보이며 실체하지 않은
것을 실존하게 만드는 관념의 구체적인 현현이다.

마치 "머금은 꿈이 가슴으로 뛰어들"(「정조, 화성에 납시다」)듯이. "꿈 서린 옷으로 무대 오른/후예들/옷깃마다 화성을 쌓아 올려" 우리를 꿈꾸게 한다. 여기서 시인은 보편적 가치를 가진 꿈을 "온몸으로 받으면서//가슴을 돌 타래로/한 층씩 감아"낼 수 있는 것이다. 그의 시편은 꿈을 현실에서 기록하며 그것을 체감할 수 있도록 소환하는 언어적 장치로서도 기능하기도 한다.

> 광교산의 배움을 날마다 본받아
> 교실에서 봄 꿈 틔워 실습장에 옮겨심는
> 농심은 태백산으로 뼈대를 세우려고
>
> 아직은 뿌리 내리는 유리온실 화초지만
> 하늘과 땅을 이어줄 산과 같은 나무로
> 천심이 열매 맺으려 여름을 보낸다
> ─「수원농생명고의 사계」부분

이같이 김진대 시인에게 꿈은 관념적인 것이 아니라 현실에서 결실을 보는 근원적인 사유체다. 보편적인 것으로 사유화되고 있는 꿈은 불특정한 것이 아니라 우리의 삶을 영위하게 하는 역사이다. 조국이라는 반석 위에 새겨진 역사를 기억하며 그 "배움을 날마다 본받아"가는 것이 후손들의 역할임을 상기시켜 준다.

그의 시편에서 드러나는 꿈은 '뼈대'이며 '뿌리'로서

'농심'이라는 '신토身土'의식이 내장되어 있다. 신토에 다가서는 그의 시성은 우리의 몸과 마음처럼 같은 땅에서 나온 생명의 물줄기다. 이 생명에의 원천은 "하늘과 땅을 이어줄 산과 같은 나무로" 향하는 물에서 비롯되는 것과 같이 물로 완성된다. 물은 지상에 펼쳐진 하늘로서 삶의 원천인 것과 동시에 김진대 시인의 상상력의 원동력이다. 이로써 물질계를 길러내는 모성으로 물을 사유하며 각 시편의 상상력을 파고들면서 존재의 생생성을 생동감있게 구현한다.

김진대

경북 영주시 평은면에서 태어나 2017년 ≪월간문학≫에 「물빛의 화법」
을 발표하여 본격적인 문단활동을 시작했다. 시집으로 『풋굿』이 있고,
현재 수원농생명과학고등학교 국어교사로 재직 중이다.

| 한국대표 정형시선 067 |

빈손 화법

초판 1쇄 발행일·2022년 07월 29일

지은이 | 김진대
펴낸이 | 노정자
펴낸곳 | 도서출판 고요아침
편 집 | 정숙희 김남규

출판 등록 2002년 8월 1일 제 1-3094호
03678 서울시 서대문구 증가로 29길 12-27, 102호
전화 | 302-3194~5
팩스 | 302-3198
E-mail | goyoachim@hanmail.net
홈페이지 | www.goyoachim.net

ISBN 979-11-6724-091-0(04810)
ISBN 978-89-6039-993-8(세트)